U0677111

Xiron Poetry Club

磨 铁 读 诗 会

正在写诗的年轻人

李柳杨—— 主编

中国友谊出版公司

诗歌是什么？

文 | 李柳杨

　　二十世纪初，我在读小学。我爸整日沉迷于武侠世界无法自拔，床头一卷梁羽生，床尾一本《红楼梦》。不只是他，当时我们那个地方的好多人，都沉迷于武侠世界，金庸的小说、香港的武侠电影风靡一时。邻居家有个比我大几岁的男孩，整日舞刀弄剑，后来竟然因此放弃学业，去了武术学校。武侠世界里总有一本秘籍，引得无数英雄竞折腰，传说只要得到这本秘籍，便可称霸武林。电视里总演一些寻仙问道的帝王的故事，他们寻找长生不老之药。从那时起我就在想：在这个世界上有没有一个规律，就像数学算术题一样，只要掌握了它，便可以解下无数难题。当然，这个规律可能不会有，但是不可否认的是这个世界是由千千万万条规律组成的。

　　十九世纪有个了不起的法国人曾说过一句话，这句话我记不太清了，大概意思是说："艺术的目的是为了表现比实际的事物表现得更清楚的特征"。这句话看起来十分客套、简单。但其中蕴藏的力量真的很难想象。世界上有无数的科学家、哲人，提出了各式各样关于艺术、生命的见解或者是计算方式。包括那些看似极为简单的方程式类似于 F=ma，以及我们日常几乎用不到的毕达哥拉斯定理等等，其蕴含的深刻含义、对后世产生的影响，也并不是你我短暂几十年的生活可以感受到的。同样的，你也永远无法想象一个拥有智慧生命体的星球，对于整个宇宙来说意味着什么。对真理的追求和对自由的渴望，才真的是促使人类千百年来孜孜不倦地研究艺术、哲学、诗歌、科学的动力。接下来，我就按照我的理解来说说诗歌和艺术。

就拿我的家乡和我读书的地方来举例子。我出生在阜阳，那个地方没有山脉，也没有太多的河流，因为土地还算肥沃，过去十分适宜生存，是一个历史悠久的城市。因为人口实在太多，人们没有时间关心除了糊口以外的事情。他们从不重视家里的装饰，包括我本人在内，也不会做家务，从不整理书桌。用本地人的话说就是："差不多就行了。"在阜阳无论乡村还是城市，大部分的人，基本一年到头都在外面打工。他们不像海南人那么会享乐，也不像东北老矿区的人那么为生活忧虑。东北人忙着操心时，海南人则是另一番景象，他们的生活看似轻松极了：山川肥沃，人口稀少，菜种子撒在土里半个月就长得肥硕可口，想吃什么野味山里都有，再加上热带的气候，人们的生活大多清闲，几乎很少有人一年到头忙着外出打工。自然山川，直接就影响了人文地理，形成了诸多我们想不到的因果和循环。

我们从这自然的表象、生活的表象中，隐隐约约可以看见生活在不同地区的人的基本特征。艺术的目的就是寻找事物之间不可瞥见的规律和特征。在实际的生活中，这些特征是无法被表达的。吃饭、睡觉、做事情……这些仅仅是生活的表象。诗歌也是如此。它也是为了在现实生活中无法被捕捉和表达的东西，用一种独特的言说方式，糅合作者的情感、思想、生活，使得特征更为明显。这些诗歌、小说、绘画、音乐、建筑等等艺术形式，就是去捕捉存在于整个人类社会所产生的各种各样的特质，并把它们区分开来，分成一段一段不同的文明历史时期。这使得我们一看见某些字画、某些物件，就知道那是北宋的，这个是古罗马的。而且不同的艺术的分工，也极其精确，它们包裹了人类的各种感官，从视觉、听觉、触觉……一直到你完全形容不出的第六感觉。这是一个多么神奇的世界！每一种艺术都那么绝妙！尽管很多艺术我并不精通，仅仅是欣赏，其中的浩瀚就已经足以令人流泪。

　　而当这个规律，落到某一个人身上的时候，就相当于一个小圆套在大圆里。最大的圆圈（规律）和最小的圆（规律）是一个同心圆，你可以非常清楚地看到这个时代的风俗、精神文化就像风一样吹到每一个艺术家身上。而其中最优秀的艺术家，就是展现这个时代现实特征最集中的那个人。这对一个艺术家、诗人或者是作家的要求可就极其高了。因为他不仅能代表他个人的气质和精神，还被要求理解一切。这有多么难得？一个人所能了解的世界，仅限于自己既有的体验。

　　比如我身边的两个诗人沈浩波、里所。沈浩波的诗完全反映了他生活的特质。他生活在北京，一个由人和人组成的城市，自然景观很少，再加上他高强度的工作。他的存在方式决定了他的审美，他喜欢描写家庭各种微妙关系，描写自然山川的诗歌比较少，他喜欢发现。某类抒情诗歌，会引起他的反感。里所内心强大，她注重生活的细节，写诗也是如此。年少时在喀什生活过，诗中常常可见那种自然与人文交汇，来自一个中世纪就存在的古城的身影。当你理解一个人的存在方式，你就会对他讨厌什么、选择什么，感到十分的平静，也对他为什么不会理解你，感到理解。别人不理解你不可怕，如果你不能理解别人为什么不能理解你，你可能会疯。诗人仅仅只是自己的主人，别人的世界和诗歌，无论多么精彩，假如你不曾了解，毫无作用。因此当我们足够理解这个世界，我们才能写出与之匹配的诗歌。

我时常怀疑自己：我是否是真理的追求者，还是每个维度都有自己的真理？当两种文明、文学、诗歌价值观或者艺术流派相冲突时，是不是因为他们都无法理解对方的处境？有没有这种可能，当我不喜欢或者无法读懂一个人的诗歌的时候，是否因为我不够了解他，而不是他本身写得差？在这世上，很多国家和另一些国家，他们有时甚至连存在方式也是相互仇视和冲突的。那么是否他们中有优劣之分？这里面涉及太多，我们不好明说。但有一点可以肯定，那就是一定有一些文化相对于其他文化更具吸引力。这种吸引力，来自于对生活的优越感。巴比伦人打意大利人，蒙古人打中原人，许多外来入侵者最后都选择了吸收当地的文化。而另一边许多文化完全被外来者毁灭，这些选择一定是人做的。而人总是更喜欢享乐，总会选择接受让自己看上去更富足的文明。互联网时代也是如此，看上去更具有生活满足感的文化，更容易传播。

还有一句大家都知道的话：物以类聚。换句话来说每一个诗人都是他所处的那个时代的诗人，是那个时代的风俗文化的特征的搜集者，而这些集合者有他们自己的那部分，生而为人的经验和特质。世上必有天才，就像土里埋着种子。假如他不发芽，也是那个时代没法孕育他。通过我一番的讲述，我们大概也知道了，艺术会去寻找特质，寻找事物之间的组合关系、规律、点和面，来表达在实际生活中无法被表达的空缺。也清楚了，艺术更倾向于心灵，人类的灵魂会告诉我们，我们的心缺少什么。现在重点来了，你能发现，科学居然也是如此。它也是通过实验、证明等各种办法来寻找规律，找到特点，总结出用数字表达的方法。我相信世界上最伟大的科学家，一定也是拥有一个诗歌之魂的科学家。有些东西我们的心会告诉我们，它会指引我们，去写什么、研究什么、想什么。一个人拥有的方法和才智，就像一艘海船的发动机，马力再足如果没有心灵为你指引方向，也是没有用的。

在此，我也更为信任一点：一个优秀的 90 后诗人，必须也是一个思想者。他不仅有充沛的感情，有高尚的心灵，指引他去挖掘现实之下人类的心灵。他也必须善于思索，唯有足够自由、深刻的思想，才能让我们不被眼前一时兴起的创作欲望、青春的躁动所迷惑。也只有深刻的思想和自由的灵魂，才能让我们能敏锐地感觉到现实的特质，不害怕灵感枯竭，不害怕逝去的青春和日渐衰老的肉体带给我们的迷茫，超越时代、空间和时间，去探索本来就隐藏于我们内心深处关于这个世界和宇宙的奥妙。

昨天晚上，我终于编选完了《正在写诗的年轻人》，突然感慨写了此文。这本书起源于我做的一个 90 后诗歌专栏——

《宝宝读诗》（已更名为《诗青年》），每周周五选一次诗，然后挑选一部分诗评一评，发到磨铁读诗会微信公众号上，初衷就是一起写诗一起玩。我经常在栏目开头，讲一些小故事。有时候大家都不知道我在讲什么，但是我就是在那里讲来讲去。当初为什么要叫宝宝呢？因为我觉得诗人就是宝贝。他们的任性、空灵、狂放、不羁、天真……就是人性之光。

就个性而言，我是个懒得社交的女孩。刚开始做《宝宝读诗》的时候，我基本上不认识什么诗人，不得不一点点去寻找、挖掘。通过这个栏目，我也结识了不少朋友，像重庆的易巧军、巫英蛟、廖兵坤、于行、陈放平，西安的吴雨伦、蛮蛮、吴冕、王允、刘菜，贵州的张夜，还有绿鱼、蒋彩云、张文康、冰又可、瑠歌等朋友，其中很多人并没有见过面，但在彼此内心已经把对方视为好友。在他们的诗歌中，能体会到年轻人的正直、热情，感谢诗歌让我们聚在一起。我不清楚我选的诗如何，但我是真心实意的，想把自己的所思所想与大家交流。同时也谢谢沈浩波和里所在这本书上给予的支持和鼓励！到这里，这篇序言就写完啦！

目录

◇ 在梦中和一个人对决

◇ **死亡是一些琐事**

◇ 说给隔墙的耳朵听

◇ 我所热爱的生活

◇ 谁关心这凡尘俗世

吴雨伦

一九九五年生于陕西西安，已出版有小说《巨兽之海》等，
现于美国求学。

时间静止的时刻

时间静止的时刻

是在

大风吹走一切颗粒

真空般的夜晚

我拿着一盒比利时巧克力

穿过街道

突然

盒子被摇开

那些被糖纸包裹着

的家伙们散落在地

路灯下

反射着五颜六色的光

如同一堆迸溅而出的炭火

在真空的夜晚

梦中的死海

离开死海前
为了留作纪念
我打算装走一点死海水
碰巧没有别的容器
只好用一个可乐瓶

在梦中
我再次回到死海
高大的浅黄色岩石山
布满白色盐块的海岸
碧蓝色的海水
阳光下
泛着淡淡的可乐味

罗马人的后代

路边
那个老外在打电话
语速很快，不是英语
我想起了那个叫维吉尔的人
两千年前

他站在罗马

在某个不知名的大街

用一种奇怪的语言

朗诵诗歌

赞美宫殿浩瀚

惊叹繁华盛景

幻想宙斯之庇护

以为城垣永驻

两千年后

他的后人拿着电话

或许是他的后人

在中国的街边

打电话

用自己的语言

但不会太久

管理者的精神

有时候会惊叹于蚁后的崇高职业精神

在一个蚁群中

拥有生理上的绝对优势

无上的权力

和地位

为了繁育子嗣

种族强大

而暴饮暴食

纵欲过度

和几百上千的异性

至死方休

管理者之楷模

总有人类的管理者

想要效仿这种生活，统治方式

结果总是文明毁灭

物种起源

上帝

偏执的烹饪大师

在火山沸煮海洋的

四十亿年后

创造了草履虫、恐龙

和我们

高温四十度蚂蚁在工作

皮肤得黝黑的蚂蚁们
在滚烫如铁板的混凝土上工作
搬运泥沙
和同伴的尸体

这一次
没有皮鞭
但仍然有一种神秘力量
促使它们在巢穴上
在炽热如埃及的阳光下
建立起庞大的金字塔

大风卷起热浪
劳动者如尘埃般被吹走

一个悲惨的故事

一个小孩儿在海边用黄沙堆出了颐和园、温莎堡、克里姆林宫、
埃菲尔铁塔、木乃伊的金字塔以及玛雅人砍人用的金字塔
海风吹拂着
在阳光下它们金碧辉煌

涨潮时，人类文明惨遭毁灭

哥伦布

上海滩的夜晚

看着黑色的黄浦江上

一艘艘货船

驶向大海

内心很难产生什么波澜

当我第一次拿起地球仪时

便对这个星球失望至极

——它已然无法满足我对神秘感的需要

有时候会很羡慕哥伦布

五百年前的夜晚

大西洋深处的小船上

只有这个幸运男人的烛光

燃烧在无限绵延的黑夜中

燃烧在倒映整个星空的海面上

燃烧在上帝眼球的倒影里

特拉维夫超市里的恐怖瞬间

在特拉维夫的超市里
看见那些
包装完整的肥皂
外表精美

我的喉咙有些哽咽
一种不可名状的恐怖

肥皂周围站满了犹太人
活着的

在一家咖啡馆的墙壁上看到的电影海报

罗马
被写在一个女人的裙摆上
顶天立地的健壮女人
脸颊泛红
双手叉腰
黑色上衣
身材占满整张海报
只露出一点暗红色的天空

和黑色的云

眼睛装下整个意大利

导演把名字写在她的胸上

完美感觉

我不听贝多芬

不听莫扎特

不听巴赫

不听这帮纳粹祖宗们

吹笛拉琴

男高音女高音

唱那像是下水道里传出的

我永远听不懂的语言

直到一天晚上

寒冷驾到

大风擦着窗口嘶吼

恐怖如野兽般降临

我把维也纳人装进耳机

隔绝世界，入梦

噩梦惊醒

夜里，没有风声

耳机在床头，发出微弱的声音

是莫扎特的独奏

在黑暗中

像个小精灵

自由的鼾声

一首爱国诗

赴美途中

箱子里的豆瓣酱

无意泄漏

将护照污染

从此以后

来自祖国的气息

在美国检察官

疑惑地看着

油光的护照

缠绕在我的鼻尖

一种永恒绵延无尽的咒语

李柳杨

90后，生于安徽，诗人、小说家、模特，著有小说集《对着天空散漫射击》，主持专栏《诗青年》。

愿望

找一个新的地球住下吧
那个地方不举行葬礼
我们像草一样躺下
又像月亮一样升起

无题

我的影子是我的鞋
它们替我亲吻
我不曾爱过的土地
飘在天上

我是我灵魂的搁浅之物
好似一艘船
如今已远离海岸

当黑夜来临

当黑夜来临
狂风暴雨躲入怀中
群魔乱舞
令人激动不已
屏气凝神
我闻到我灵魂之上
有一块肉的腥气

无题

将我们痛苦的经历
刻在石头上
就像阿尔塔米拉洞穴的画像
从一端到另一端
从诞生到灭亡

立一座座墓碑
建一个个教堂
直到能用所有的教派
来阐释我们无尽的
生命与死亡

风化

四千年的干尸
脆得像刚出炉的面包
拱起的脚背
——跳芭蕾的少女

前人的尸骨
失去气味儿的森林

官町湖畔

白色群鸟
穿过香灰色的山峦
低低地飞往湖心

我们站在岸边

朝着那个方向

打起了水漂

不一会儿

傍晚的风就吹得

人背脊发凉

不由得

朝来时的路回望了一眼

看见圆圆的落日

扎在瘦瘦的马腿上

库姆塔拉

硫磺沟的煤灰

从开往雅丹山的卡车上漏下来

被小草湖的风

沿着达坂城盐湖

吹到库姆塔拉沙漠上

在库姆塔拉

只有沙子才会怀孕

如果你用脚踩在上面

不仅烫还很柔软

就像踩在谁的乳房上

守株待兔

在另一种曲折上
天空就是大地
土豆也能长出翅膀
坟墓诞生婴儿
沧海其实是水晶
不爱即是爱
左手也就是右手
瀑布从另一个弧度
倒流入苍穹
不变的仅是
宇宙恒星静水深流
以及我们守株待兔的灵魂
为了刹那的点醒
在这片蓝色缥缈的星球上
将肉体顷刻化为乌有

我的脸盆就是花

我的脸盆就是花
我的天空埋葬过大海
我的大海就是冬天树上的雪花

我的雪花是我所不知道的一切
我不知道的就是我眼前见到的
我见到的皆是被我遗忘的
我遗忘的也都是我所爱的
而我所爱过的
仅是你衣帽上飘落的雪花

一匹马

我爱过
让一些雾进入过身体
在大汗淋漓的夏日
孕育出一匹马
这匹马自然是这世上
最好的马
可每一匹马都不属于它的母亲
就像星星照亮夜空但不属于地球

睡眠是一件好东西

人神之间若真能互通
那便是睡眠
男人可以拥有三妻四妾
女人美若天仙
盲人指挥交通
你包含我
我拥有你
摆脱世俗超越极限
天下大同

这一切
纵使醒来时及时忘却
睡意朦胧的脸上
仍有紧张和羞涩
仿佛从未遇见过的纯洁的爱

如果到了清晨

如果到了清晨
我还未能入睡
我会翻过身去打开躯体

用一侧的身体开花

另一侧来告别

让它们像风筝

高高飞起

于无尽的天空

我也许会看见一切

在我所允诺的人间

我会痛苦得像一个真正的女人

左秦

一九九四年出生，江西人，写诗和诗评，二○一七年去世。

我跪在街道上

我跪在街道上，看着
蚂蚁的玩耍。不久，很多人
围观了过来，只是他们不看
蚂蚁的玩耍，而是看着我：
用他们眼光的刀子，把我削得
越来越矮。

我曾经在这里站过

我曾经在这里站过，
现在离开了，
曾经在这里尖叫过，
尖叫已经消散了，
曾经在这里被石头砸到了脚，

脚正在臭鞋子里疗伤，

曾经在这里种了一棵树，

这棵树会吃人，把我一层层吃下，

被一层层吃了后越来越小：

身体变小了，年龄变小了，

对事物的感觉变小了。

曾经在这里放飞了一只鸟，

现在这只鸟

成了锯子，把天空锯开：

天空被锯成破布，我穿在身上，

像一个乞丐。

这么多人

这么多人，我一个都不认识，

他们就像铁钉，已经插在了

木板上，而我则把自己拔了出来，

离木板远远的，独自生锈。

孤僻

是太过于孤僻了，
我作为半个聋子，
都能听到，地球另一面的雨声
和一只蜗牛
抬起头用两万颗牙齿
咀嚼草叶的声音。

植物人

植物人，全身
长满枝叶，眼睛上
还长了
两朵葵花，当他醒来，
就可以坐在病床上，吃点儿
葵花籽

张夜

生于一九九一年，贵州遵义人，诗人、画家、导演。

捉虾

时常想起

在花溪湿地公园

七月流火的夜晚

我们一干人等

扛着网兜提着水桶去捉虾

我们在高大的芦苇丛中穿行

朝着目的地，步伐一致

每天晚上，我们都会有所收获

那些暗红色的小虾仔在水波下滑动

我们抬起头来，烧一支烟

苍穹之上那排星星如此明亮

如今回想起来，我的那群朋友

他们有的还站在水中

挽起裤腿

有的站在岸上

静止不动

水晶之夜

很多时候

一个人

沿着一条街走

从早上走到晚上，又从晚上走到早上

想起来真是搞笑

一个人，就那样，兀自走着

就那样，夹根烟在手指

也不驻足，也不

伸手拦一辆绿色的出租车

也不，抬头看星星

从城市走到郊区

又从郊区，走到更远的郊外

这个世界没有终点

它会让你筋疲力尽

总是这样，一直走

沿着街道，沿着大路

沿着河流

沿着医院和墓地

越走越远

越走越轻

我爱宇宙的邻居

谁说这个世界上没有奇迹

在剧组紧张急迫的

拍摄过程中

我的目光穿过黑夜

抛进远处的田野

我看见一个

外星人

站在田坎上

他正在朝这边看

他知道我们

是在赶一场夜戏

但他不在乎

他的样子似乎在说：

"谁关心这些凡尘俗世！"

花溪大道中段

这一天是

愉快的一天

我爬上天桥走进

那栋汽车维修大楼

和往常一样

没有失落，也没有惊喜

日子在传送带上滚动前行

来到四楼

敲开房门，开始

我们寡水清汤地交谈

楼下有许多汽车在行驶

花园里有花在等待开放

站牌下立着几个人

她们手里揣着两枚硬币

在等待一辆蓝色公交

这个世界就是这样

表面上一切都是美的

当你一无所有的时候

这是一件非常难得的事

仿佛全世界的冷空气

一下子全都属于你

公园已不适合散心

街道已不适合行走

你脚下有那么多泥土

腿却变得心灰意冷

哎呀　小伙子
打起精神来
当你一无所有的时候
你就去水族馆看看
我的房东对我说
当你一无所有的时候
你就去水族馆看看
他又说了一次

许立志

一九九〇年生，广东揭阳人。二〇一四年十月一日坠楼身亡，警方疑为自杀。

我的粮仓

我体内孕育着一座饥饿的粮仓

它缺少血液必要的饱满

我的骨头在这片贫瘠的土地上

扎根生长，从而有了弯曲的枝节

日子一长，枝干上抽出了两片肺叶

我的呼吸在工作中倾吐绿色

这漂泊生活里苦涩的胆汁

工厂散落于荒野

荒野上布满了我的毛细血管

这涓涓细流将祖国南方的加工业日夜浇灌

而我的皮肤，日渐龟裂

头上的稻田在秋天的风中枯萎

他们说

这机械的厂区盛满了多少工人的汗血
游走其中，我时常听到他们笨重的交谈
他们说，三年了，我没回过一次家
他们说，我老家在河南、四川、海南、广西……
他们说，等钱攒够了，我就和女友回家生娃
他们说，按年头算，我儿子今年也该有九岁了
……
我像一个窃听者，在角落里记下他们说的
字字鲜红，然后洇开，凋谢
手上的纸和笔，吧嗒落地
他们说……

省下来

除了一场初秋的泪雨
能省的，都要省下来
物质要省下来，金钱要省下
绝望要省下来，悲伤要省下来
孤独要省下来，寂寞要省下来
亲情友情爱情通通省下来
把这些通通省下来

用于往后贫穷的生活

明天除了重复什么都没有

远方除了贫穷还是贫穷

所以你没有理由奢侈，一切都要省下来

皮肤你要省下来，血液你要省下来

细胞你要省下来，骨头你要省下来

不要说你再没有可省的东西了

至少你还有你，可以省下来

入殓师

经过不懈努力

我终于通过了

殡仪馆的面试

成为一名入殓师

明天将是我

正式入职的第一天

自然马虎不得

为此我特地把闹钟

调快了一个小时

以便留有充足的时间

站在镜子前

好好整理自己的遗容

我就那样站着入睡

眼前的纸张微微发黄

我用钢笔在上面凿下深浅不一的黑

里面盛满打工的词汇

车间、流水线、机台、上岗证、加班、薪水……

我被它们治得服服帖帖

我不会呐喊，不会反抗

不会控诉，不会埋怨

只默默地承受着疲惫

驻足时光之初

我只盼望每月十号那张灰色的薪资单

赐我以迟到的安慰

为此我必须磨去棱角，磨去语言

拒绝旷工，拒绝病假，拒绝事假

拒绝迟到，拒绝早退

流水线旁我站立如铁，双手如飞

多少白天，多少黑夜

我就那样，站着入睡

何止

生于一九九四年，退役军人，现居河北，二〇一七年开始
写诗。

桥上的灵魂

我看到一群人
正围在桥边向下望
就走过去问
他们在望什么
一个老大爷告诉我
这不是又有人
从这跳河了吗
哎　这条河建成没几年
可淹死的人少说
也有一百多位了
听他这么一说
我也赶紧向下望去
可是底下除了浑黄的河水
再看不见还有别的什么
于是我失望地走了

直到走出去好远
一回头才看见
一百多个湿漉漉的灵魂
正站在桥上
向下望

二十多年后他们给我讲的故事

上世纪八十年代末期
刘富才同志正和
王秀丽同志闹离婚
在拖车厂家属院门口
他们敞开胸怀迎风而立
互相骂着粗话
王秀丽说，刘富才
你个没良心的玩意
老娘给你们家当牛做马
任劳任怨当了大半辈子
你们家有给过我什么吗
刘富才说，王秀丽
你少睁着眼睛说瞎话
当年你生老大的时候
我妈不是给你送了
二斤油吗

巧合

饭桌上
我大妈
谈起她的
青春岁月
她说自己
那时候
受完毛主席接见
整天穿一身军装
满脑子想的都是
找个当兵的
我妈说
她那时也想
找个当兵的
但是后来
她们一个
嫁给了
酱油厂的
一个嫁给了
烧锅炉的

早点摊上的枪声

早上我吃着

豆腐脑煎饼果子

突然听到一阵枪声

原来是我旁边那位

支起了手机

播放着一部美国大片

此时雪还未停

早点摊上的塑料顶棚

在风中呼呼作响

而这个

吃两块五一碗馄饨的人

正经历着一场

属于他的枪林弹雨

佛珠

等红灯的间隙

一位僧人走上来

向我兜售佛珠

在我明确表示

不需要之后

他用眼神指了指

我放在车上的

那盒香烟

我会意

抽出一根递给他

"愿佛祖保佑你"

他又用眼神指了指

我的打火机……

玉珍

90 后，湖南株洲人，作品见《人民文学》《诗刊》《星星》
《诗歌月刊》等，已出版诗集《喧嚣与孤独》。

我并不知道

我曾有一段如此珍贵的
过往——
它们被贫穷打磨出星星的光芒

那时我躺在山坡田野中
闻大自然的香气
温柔的风从四面八方靠过来
将我包围，风中的香气让人想哭

我想多年以后
人生是否依旧如此恬静
那些神一样的存在，浇灌了
穷人的头颅

我曾那么痛苦而所向披靡地从中走过

将这一切称之为活着

我并不知道它们是诗

猫眼

白猫踏上了雪原

突然就消失不见

只有那琥珀色的双眼

在雪中美妙地移动

突然它上了树

在一堆干枯的树枝上

我看到了它

多美多凌厉的眼睛

几乎要跃出肥胖的身体

我爱过一双眼睛

我没有初恋，只爱过一双眼睛

那属于——精神的疯狂

他对着空蓝的海水

闭着嘴说话

眼眶里的深邃，让人心疼

那种海水哭泣时的颜色

湿润的——危险的蓝，发出触礁的

宿命的讯息

他跑起来像一只豹子，脸的雕塑反射着光影

太帅了，跑出了死亡的速度

十四岁

我在一头豹的眼中学习了爱情

那是双深不见底的眼睛

我爱过的

唯一一双眼睛

——在我这里他永远不会老

醒来

我的梦如此浓烈以致溢出现实

我的死过于缓慢以致生生不息

死于果实

它斜长在垂直的坡上
被硕果连根拔起
被累累的后代的重量
从高处拖拽下来
留一个巨大的洞
那是我父亲栽下的树
就这样死于压力
死于中空的躯体
死于后代的丰盛
在春天，在它生长的坡下
根与果实躺在一起
首尾躺在一起
它们死了
因一种昌盛最终同归于尽

杀年猪

等待过年像等待
饥饿时揭开锅的样子，总有些鸡鸭
要专门为年节留着
有些猪要在小年时宰掉

孩子们最爱那时辰

他们不懂生死，也没法怜悯猪狗

当猪的嚎叫消失在古老的村庄

鞭炮和烟火便伴着香气升起

孩子们跑来跑去

为一种宣告节日到来的气味而兴奋

杀猪肉大口送进嘴里

被酣畅地咀嚼为声音

在这声音里人挨着他的生存

为那种幸福的饱腹

轻松原谅了整整一年的遭罪

易小倩

一九九三年生于安徽，现居北京。人爱笑，头爱油。

雪人

太阳出来了

雪人越来越热

玻璃珠做的眼睛

滚了出来

过了不久

另一只也忍不住

掉了下来

直到化成

一摊水

地上只留下

两只玻璃眼珠

望着远方

堆它的孩子

还没有来

烟贩父亲

九十年代末
我们村
以家家户户生产土烟
而出名
父亲每天在堂屋
翻炒烟丝
往上面喷催黄素
我记忆里最深刻的
不是那呛人的味道
和熏得发黄的墙
而是每次父亲贩烟回来
会从袜子里掏出
浸透了汗渍的钞票
给母亲
并给我和弟弟
带来城里孩子
才能吃到的喜之郎果冻

桃子妹妹

春天
爸爸骑车载着姥姥
姥姥手里拎着
一个黑色塑料袋
里面装着七个月大
被引产的妹妹
一直骑到
村后一棵桃树下
挖个坑
把她埋掉

走的时候
姥姥看着桃树说
在这好好的
明年结个大桃子
给我们吃

灵魂剥离进行时

夜里很小的声音
都会把我吵醒

楼道尽头厕所的冲水声
天花板瓣里啪啦
弹珠滚落般的声音
我听见刘海正在长长
下一秒
就要盖过我的眼睛

凌晨十二点
我听见有一个东西
从床上掉了下去
从落地的声音判断
它很轻
很轻

来不及了

来不及了
城管已经来了
卖烤串的小伙子
加快翻动着
架上的烤串
其中就有我的两串
城管等得不耐烦了

打起了哈欠

来不及了

我的两串还没有烤完

他越翻越快越翻越快

油嗞嗞叫着

滴下来冒起

一朵朵小火花

直到把我的两串烤完

装好

递到我手里

他才松了一口气

然后像被抓到的

罪犯一样

认了命

廖兵坤

一九九二年生，苗族，重庆彭水人。有诗集《保持身份》，现居重庆。

通湖草原

在草木渐少的通湖草原
月牙泉边一棵枯树上
小鹰破壳而出
衰老瘦弱的老鹰
孵过无数小鹰
广袤无垠的原野上
我见过它们飞翔
从宁夏到内蒙古
一路都是扑腾的翅膀
大地和天空交接处
最接近这些黑暗生灵
它们通过眼睛注入清澈的河流
它们通过上帝布下的神迹
寻找生存的谜底

它们飞来

带着古老的遗迹

它们飞走

像天空

散开一片云

九平方米的爱情

我对住房的要求

是要能放下我的书

没有想过

能不能放下一个老婆

这三年来

住过最大的卧室

也不超过九平方米

但还是把欢笑带进去

让苦恼飘窗而逝

我问她

如果我们终此一生

也只能

住这九平方米的房子

你愿意跟着我吗

她说不愿意

随即又说
如果里面装满了
九平方米的爱情
倒是可以考虑
她像个傻子
被自己的童话感动了
对着我哧哧地笑

绝症

丈夫得了绝症
照料得无微不至
两年后
儿子又得了重症
走投无路
只好协议离婚
征集新老公
唯一的条件
是救回儿子的命
丈夫是谁
已经顾不上了

人到退休

刚退休的李老师
和即将退休的周老师
在操场散步
互相推荐保健品
李老师说
我有一个朋友
从外国拿回来的药
可以防治百病
随即从兜里
掏出来
递到周老师嘴边
吃嘛吃嘛
没事就吃点
太阳越过楼顶
她们手挽手
回到了少女时代

梦见世界末日

今天下午和晚上
梦到两次相似的梦境

梦中发生洪水

一次比一次大

彩鱼飞上天

树林披上白霜

褐色山丘接连倾覆

房屋倾斜

只剩下我家

在洪流中

坚固如初

这和二〇一二年梦到的

一模一样

唯一不同的是

上一次末日到来

我独自应对

这次多了一个老婆

多了一个儿子

我抱着他们

面对洪流肆虐

信心大增

陈放平

一九九四年生，重庆南川人。作品散见于多种杂志。

嫁给煤矿工的女人

镇上的男人
都在煤矿挖煤
家里的女人
都在麻将桌上打牌
矿井里
不定期传来噩耗
死者的家属
会得到一笔
几十万的赔款
女人抱着钱
大哭一场
又嫁给了
另一个煤矿工
重新回到麻将桌
我经过那个小镇
拉煤的小火车依然在开

父母爱情

在村校念初中时
同凳同桌
（这成为现在
人们常提的佳话）
后经媒人介绍
组成家庭
在我记忆中
父亲送过母亲
三样礼物
一双皮鞋
一件羽绒服
那年修新房时
父亲特意嘱咐师傅
按母亲的身高
打灶

闲置品

这些年
我眼睁睁看着
那么多人心被闲置

那么多脑袋被闲置

那么多腿脚被闲置

那么多眼睛被闲置

那么多双手被闲置

最可怜的是

那么多善良的女人

最后成为了

一个家庭中的闲置品

远景

站在厂房顶上的

三个工人

像站在

远处的雪地

中午太阳如火

他们仁

在雪地中

悄悄点燃了

三朵红色安全帽

真实的赞美

这簇长在公路两边
极其普通的喇叭花
终于迎来赞美
客车驶过村庄
靠车窗的小女孩
用惊呼般的语调
夸它们
太多了，太多了

年味

第一个给我
传递年味的
是朱洵老师：
放平
我家李老师
想再麻烦你妈妈
为我家熏腊肉

优秀快递员

她之所以能成为

快递店里

最优秀的员工

是因为她

长了一口

好门牙

打包寄件时

她粘胶带的速度

最快

蛮蛮

原名倪广慧，一九九〇年生于山东兰陵，毕业于西安外国语大学。

赫本是个好姑娘

我把手机里的图片放给姥姥看

奥黛丽·赫本在非洲

背上一个瘦如骷髅的男孩

把赫本的话念给姥姥听

要拥有苗条的身材

就要把食物分给饥饿的人

姥姥想了一下　郑重其事地对我说

赫本是个好姑娘

但是你

给我好好吃饭

无题

自姥姥走后
从老家回到西安
晚上睡觉
我会离他尽量远一些
不想在哭的时候吵醒他
快一年了
我才发觉
他每天晚上躺下的第一件事
就是将我们的枕头
紧紧地靠在一起

陕北外奶

进来我们住的窑洞
看到桌上的面霜
往脸上搽一搽
出了窑洞
见窗台上放着一瓶宝宝绵羊油
往脸上搽一搽
望见院子里被孩子们丢弃的
玩具电子琴

捡起来擦一擦

回屋坐到沙发上

一遍一遍地按给自己听

爸爸的爸爸叫什么

爸爸的爸爸叫爷爷

爸爸的妈妈叫什么

爸爸的妈妈叫奶奶……

春雨

八十九岁的姥爷

耳聋得厉害

和他说话

得大喊大叫

即便如此

他也听不清楚

下午两点多的时候

坐在沙发上闭目养神的姥爷

突然抬起头

对我说

"下雨了"

我赶紧放下手机

跑进院子

收起姥姥的外套
细雨打在罩柴火的油纸上
啵啵
啵啵

给两岁五个月的外甥

当你对一个饺子
认真地说
"再见"
然后大口
将它吃掉
的时候
宝贝
我真是爱死你了

创城记

在私矿上班的二舅、姐夫放假了
在板厂打工的三婶失业了
做物流的四叔拉不到咸菜了

邻居家的房子盖了一半儿

没有沙子了

大姨来看姥姥

说鸡蛋和肉涨价了

微商妹子卖断货了

姥爷淘了二斤黄豆

不让在家门口晒了

无地可耕的农妇

都被叫去栽树了

大家都说

等这一阵子过去了

就好了

不敢相信

我和姐姐弟弟小的时候

母亲总对我们说

要不是为了你们仨

我早跟你爸过不下去了

姐姐出嫁以后

她常对我和弟弟说

要不是为了你们俩

我早走了

后来
我和弟弟都去外地上学
她又说
要不是为了你们仨
有个家可以回
我早就不想守着它了

王允

一九九〇年二月十一日生，陕西咸阳人，现居西安。二〇一二年毕业于华中师范大学，现为西安交大附中语文教师。

长安雪

长安的雪

落在西安

不冷

不湿

不落地

没有积在终南山上

没有积在小雁塔尖

没有积在曲江池里

曲江池的水太绿

池边没有哭泣的老头

街边没有醉倒的二杆子

酒吧里没有火炉

酒吧里有暖气

酒吧在城墙根
城墙上的人穿羽绒服
穿铠甲的人没了
箭楼还在
雪没落在箭楼上
雪落在一所中学里
绕着红旗翻飞
像烤火的白蚁
栏杆上爬满了学生
穿着松垮垮的校服
长得不像兵马俑
比兵马俑好看
也比兵马俑欢腾

疯狂的学生

娜娜以前
教过一个学生
在她历史课上
跟同桌说了句好热啊
就把裤子脱了

米老师一个学生

正上着课
忽然站起来
围着教室
边转圈边吐瓜子皮

郑老师班一个学生
也是在课上
忽然大喊一声
啊，下雪了
好白啊
然后大吼一声
一拳砸在玻璃上
玻璃粉碎
手指骨折

我教龄尚浅
只见过一个学生
成绩差、迟到、上课不安分
在家和他妈打架
一开始我天天骂他
后来想救他
哪怕多少
拉他一把也好
努力很多次
想尽了各种办法

一丁点用

也没有

他照样在凌晨两点

从住宅楼窗户爬下去

到街上散步

教师都是反派

松山湖畔

一所中学礼堂里

诗人王小妮

乘飞机飘然而至

在演讲中痛斥应试教育

和学生互动到动人处

她像大鸟一样

拥住扑过来的孩子

抚慰其心灵

我们站在学生后边

影子吊在后墙上

像一排秃鹫

第二天一早

诗人携着学校心意

又飘然而去
剩下我们在茫茫沙漠里
灰头土脸地
清理残腐

新年将近

县城的街道
空气干冷
一窝仓鼠挤着
往锯末里钻
卖仓鼠的妇女
没有锯末
她从笼子里
掏出一只兔子
用来暖手

高中听演讲

台上的人高喊
想一想你们的母亲

每天那么辛苦

黑发变成白发

汗水混着泪水

怎么忍心虚度光阴

然后拧开音乐

放《感恩的心》

底下同学哭成一片

这么拙劣的煽情

老子可不能哭

我强忍着泪水

手拍大腿打乱音乐节奏

后来实在撑不住

仰着头跑回教室

幸好我走得早

留下来的同学

哭完之后

一人买了本

那人推荐的英语教辅

无题

十三岁那年
得了乙肝的小叔
拉着我的手
头凑过来
要跟我说悄悄话

我妈攥住他的手
干着嗓子说
向辉，你回家不
天黑了
嫂子送你回去
有啥话你跟嫂子说

◇ 在梦中和一个人对决

易巧军

一九九一年生，苗族，湖南武冈人，著有诗集《百味》。

和一艘旧船对视

整个下午
我都和江边
这艘搁浅的
已废弃的旧船
保持对视

尽管江水
淹没了它大半个身躯
仍有两只白鹭
肩并肩站立在船首

我忍不住多看了几眼
不为别的
只为这么冷冰冰、毫无温度的
东西，临死的时候
成为了爱情的栖息地

鹅卵石

每次出航
我都会捡鹅卵石
它们有些漂亮
有些不漂亮
我都一起堆放在
房间的角落
越积越多
很长时间没打理
它们身上落满了
厚厚的灰尘
我一块接着一块抚摸
却感到失望
那么多细微的日子
俯冲下来
没有迸发出火光

头盔

男人已被推进
手术室，女人在走廊
来回走动着，她望着

怀里，正在大哭的孩子
显得有点束手无策
喂奶并没能止住哭喊
她快速地扣好胸前衣扣
小心翼翼用衣袖
擦了擦座椅上那个
破裂、沾满血迹的
摩托车头盔，戴在了
自己头上，又假装
戴在孩子头上
终于，咯咯咯咯……
的笑，响彻整个走廊

余幼幼

一九九〇年生于四川。出版诗集《七年》《我为诱饵》《不能的风》，现居成都。

目妄见

我是个
消极的乐观者
乐观的悲观者
悲观的自由者
自由的自闭者
自闭的幽默者
幽默的抑郁者
抑郁的理想者
理想的堕落者
堕落的抵抗者
抵抗的沦丧者
沦丧的革命者
革命的荒废者
荒废的坚持者

坚持的失败者

失败的中庸者

中庸的极端者

极端的怀柔者

怀柔的镇压者

镇压的前进者

前进的退缩者

每种身份都足以证明

我不会是一个

快乐的人

未发育

她用手

搂了搂胸部

其实很多事物

都还未发育

比如雨

还没发育成河流

就落入了

她黯淡的眼神之中

春天还没发育成

少女的模样

就被人取走了乳房

放在盆地周边

给出走的人制造

意乱情迷

火车还没发育成

远方

就被阻挡在

盆地内

盆地是春天的子宫

子宫中的她

未发育

老了一点

与前几年相比
我确实老了一点

老了一点
手伸进米缸或者裤裆
都不再发抖
前几年
还有些仪式感

对生活充满敬畏

对爱情抱有幻想

小心翼翼地希望

淘米水浸泡过的手

有世俗的光泽

碰过的男人

将成为我的丈夫

再过几年

也许会觉得现在

还很年轻

手不算粗糙

隐约有点妻子的模样

X ｜ 余幼幼

做一个有含义的人

你是什么

是汉语拼音 X

是英文字母 X

是未知数 X

还是一个 X 路口

这个地方

欲言又止

给唇形打上一个补丁

未来恋爱

是语法错误

你会不会来

没有正确答案

为这个地点画上 X

答案里

没有唯一的你

记得吗

那个小酒馆，同样有

诸多的不确定

酿的梅子酒

就这么一滴一滴的

让我睡着

让我去了一次未来

之后

我是什么

张文康

生于一九九三年，山东潍坊人，毕业于北京师范大学。

偷骨灰

父亲火化后出来
我曾趁叔叔哥哥们不注意
偷偷拿出一块骨头

我把它揣在口袋里
轻轻握着
它其实没什么特别
像任何一块我们在餐桌上
啃食过的骨头
只是没了肉味
只是更轻

水果说

火焰一般的表面
点缀着充满生机的绿色
里边是雪白的瓤
和密密麻麻的黑点
你说这是火龙果
我说这是一个国家

羞辱的回音

我见过的最真挚、最热烈的掌声
来自高中的地理课堂
年轻的老师说
"被污染的空气
顺着季风
都吹到了日本上空"
话音一落
我和我的同学们
制造出了一场
发自肺腑且经久不息
的掌声
这声音在我耳边
一直响到今天

人生之战

父亲、二叔、三叔

二叔家的哥哥、我、三叔家的弟弟

这六个人是我们家

上坟的常备军

征战的对象不过是

每年清明节、中元节、春节之时

爷爷的坟头

大爷爷、三爷爷、六爷爷的坟头

老爷爷老奶奶的坟头

去年

父亲叛变了

从一员大将变成一座新坟

我奉命亲征时

竟然油然而生一种自豪感

眼前的敌人里有那么一支

只属于我

青春的眼睛

政治老师来巡视

说一个女生说话

她说自己没说话

他就动手打她

粗糙的手掌

狠狠打在她脸上

把她踢翻在地

四十多个同学

没人发出声音

他的酒气和嘶吼

充斥着整个教室

我无法忘记这一幕

我们眼睁睁看着

魔鬼一样的老师

（如果他还能称为老师）

对我们弱小的女同学

大打出手

我们

全部

眼睁睁看着

每当想起此事

我怎么好意思说

那是我们青春的眼睛

于行

一九九九年生，土家族，重庆黔江人，山城诗歌节同仁，民刊《甲甲虫》诗刊轮值主编，现在重庆上大学。

在梦中和一个人对决

从记事起我的梦中
经常出现
光头的男人
他在梦里总是
坐在椅子上恣意摇晃
终于一天梦里
我受够了
拿出怀里的刀
走向他
在梦里他被一击而死
死时耷拉着的脑袋
还闪闪发亮
一觉醒来
我的秃头爸爸
正把我抱在椅子上
来回摇晃

为一只鸟儿披麻戴孝

去年冬时

大雪压枝

我去二仙岩打猎

在大石堡湾

向一只鸟儿

开了几枪后

鸟儿立即扑倒

在雪中

被大雪铺满的我

明白老天

是在用这样的方式

提醒我要懂得

以猎人的身份

为一只鸟儿

披麻戴孝

老刘

我爸自称老刘

但我从未喊过他老刘

老刘开始养花草

老刘女儿去年出嫁

老刘不再像年轻的时候

老刘暴瘦二十斤

老刘得了糖尿病

每天都给自己测血糖

老刘的生活趋于平静

老刘爱打牌但从不赌钱

老刘钓鱼但从不吃

老刘养鸽子要养一对

老刘偶尔上班

老刘经常寂寞

老刘从来都是老刘

老刘隔三差五打来电话

喊我小刘

在火锅店

我在门口就看见那个女孩

脸颊绯红

有些微醉

她与我对视三秒

仿佛关于她的一切

我都已经知道

就在那三秒

她的快乐与悲伤

她的童年和现在

她的爱或不爱

我都感同身受

甚至我快喜欢上她了

但是对不起

尽管会破坏这绝妙的气氛

还是要对她说出

我的真实想法

"美女

这边是男厕所"

游若昕

二〇〇六年八月出生，女，福建人，二〇一二年开始创作
诗歌。

海

海是无边无际的
无数的沙滩
在海的各处
组成了海
同一个海

黑森林

在大家的
掌声中
一个人
走了进去

不知过了

几千年

几万年

这个人

再也没有

走出来

广场舞

一位小姐

和一位大叔吵架

大叔说

我一次能把十个人

叫来

你听好了

老实点

小姐大叫

了不起哟

边说边跳起了

广场舞

踢踏踢踏

踢踏踢踏

一大堆人

也
踢踏踢踏
踢踏踢踏
跳起了舞

抽烟

爷爷
很爱抽烟
住院期间
医生让他
别抽了
爷爷就
背着我们抽
死后
把他火化了
火化炉上
冒出
一层层烟
是上帝
在抽烟

姜馨贺

二〇〇三生于深圳，与妹妹合著《灯把黑夜烫了一个洞》
《雪地上的羊》。

在特呈岛骑单车

下午
在特呈岛骑单车
这里的大地是圆的
天也是圆的
农田
老牛
鸡鸣
西沉的太阳
感觉骑到了古代
城市在很久很久以后
才会冒出来
姜馨贺也是很久很久以后的
一个人
我可能永远永远
碰不到她

我学的语文有时没有用

在路过沙漠的

火车上

我加了一个

维吾尔族哥哥的微信

回到深圳互相问候

结果我不懂维文

他不懂汉文

语音也听不懂

就只好发表情

所有能用的表情

都从头用过一遍

现在

第二遍

又开始了

在菜市场

他把青蛙们

从桶里倒了出来

没等它们跳出三步

就被他一木板一只地

拍死

再拎起脚

甩回桶里

只有墙角那只

一动不动地趴着

就在我悄悄

为它祈祷时

一个长得很可爱的

小妹妹

大声地说

叔叔

这里还有一只活的

小白头鹎

爸爸看着

我捡的小白头鹎说

你爸妈是谁

你知不知道

你是一只小鸟

你知不知道

小鸟斜了爸爸一眼

我清楚地

听见它说了句

管你鸟事

姜二嫚

二〇〇七生于深圳，与姐姐合著《灯把黑夜烫了一个洞》
《雪地上的羊》。

梦

我爸爸走丢了

一个仙女

带着三个爸爸

来到我身边

一个金爸爸

一个银爸爸

一个傻爸爸

她问

你丢的是哪个爸爸

我说

是个傻爸爸

仙女说

孩子你很诚实

我把另外两个也送给你吧

我问
能拒绝吗
仙女微笑着回答
不能
然后就消失了

河

晚上
我拿手电筒
往河里照
半年前淹死的那个小孩
在水里写作业
他看见有光
就抬起头
冲我笑

陀螺

公园里
有个叔叔

在抽陀螺
一鞭子下去
太狠了
陀螺倒地而死

化妆

火车上
一个售货员
正在推销新疆特产
化妆化得
很新疆
推销了一会
她又换了一个茶花女的妆
开始推销茶叶

曾璇

生于一九九八年，重庆人，现居成都。

榨汁机

我妈妈
最后一次回老家
是跟我爸办离婚
她走的时候
留下了一个榨汁机
在厨房里找来两个番茄
给我榨了一杯番茄汁
她说
每天早上用这个
喝点豆浆
对女孩子好
说完她就走了
她下了楼
走到门口
要上车

我站在阳台上
看着她走
她也看到我了
用口型告诉我
让我进去
这么多年
那一次
是唯一的
我们母女之间的默契

送葬

埋外公那天
下大雨
在场的人
只有我妈哭了
我不敢告诉她
棺材上
有只青蛙
被埋进去了

雾

姐姐去上大学那天
雾非常大
爸爸从雾里走进来
要送她一个电脑包
她说不需要
于是爸爸狠狠地
打了她一顿
她缩在沙发后面
像一只小动物一样抽泣
她抽泣着
收拾行李
下楼
上客车
我坐在她旁边
她还在颤抖着
抽泣着
我不知道该怎么安慰她
只好在窗玻璃的水汽上
时不时地
画一颗星星

◇ 死亡是一些琐事

廿三山

生于一九九八年，性别女，现居四川成都。

死亡是一些琐事

之所以这么说
死亡是属于一些人的
这么一些人
除了死亡
没有任何共同点
也就是说
死亡把他们联系在了一起
他们在死后
坐在一起
边喝酒边讨论
有的人说
我死前忘了带包烟
有的人说
死前的世界有点冷
有的人不说话

和讨论保持一定的距离

但是你不能否认

他已经死了

不过在他死后

他便有了

不说话的权利

关系

一些人

和

一些人

的友谊

来得

莫名其妙

L 是叛逆少女

和

母亲

蹲在大街上

一起抽完

烟之后

突然

就成为了

好朋友

存在主义咖啡馆

有个人坐下来

跟我讲叔本华 讲海德格尔

讲了一大堆

听不太明白的东西

最后他感慨

哲学有什么意义 没人知道

我说谢天谢地

今天我算是知道了

刚刚墙上停着一只蚊子

被我用书拍死

恰好书是萨特写的

那哲学就是

用来打死夏天的蚊子

每个人都缺那么一本

顺手的书

庄凌

90后，山东日照人，戏剧理论研究生，曾参加诗刊社"第33届青春诗会"等，出版诗集《本色》。

秘密

家里只有两间简陋的卧房，我和弟弟住一起
每晚我都要哄年幼的弟弟入睡
蟋蟀唱儿歌，壁虎猜谜语
等弟弟睡着，我会看书或者补袜子
有时弟弟淘气不睡觉
我就穿上母亲的衣服瞪大眼睛吓唬他
"再不睡觉，妈妈要打屁股了"
弟弟怔了一下，就乐得大笑

弟弟一天天长大，这让我尴尬，难以启齿
我的身体已经发育，即使在炎热的夏天
我也要穿上严密的衣服
把两个小乳房藏好，把青春藏好
在弟弟的童话里，我没有翅膀

像个小偷一样换卫生巾

夜里我把自己洗得如白萝卜一样
在脸上擦点低档的雪花膏
幻想身边躺着一个英俊的男子
我们在远方安家，住着宽敞明亮的房子
醒来时发现自己竟抱着弟弟
不禁脸红心跳，只有月亮知道这个秘密

人生如戏

上表演课，老师要我演小三
开始我还有点不情愿
我嚼着口香糖对男人指手画脚
吃香的喝辣的，穿金的戴银的
掐他的耳朵，摘老树的果子
女人拥有万紫千红的春天
才有资格拥有坏脾气
我排练了一次又一次
渐入佳境，我不是喜欢演戏
是喜欢上了这个角色
信不信由你

寻人启事

墙角与电线杆上贴的寻人启事
路人都要多看一眼
每次看到我就慌张
丢人
我们的脸都丢光了
儿童不是被要传种的古人拐走了
就是成了街头乞讨的流民
老人多半是忘了家也忘了故乡
今天的地址和环境全变了

那些寻人启事的照片似乎都面熟
像我的老乡与亲戚
上个月在济南经十路
我不小心上了一辆黑出租车
和很多少女一样，至今下落不明

常遇春

一九九七年五月二十日生于甘肃庆阳，写诗和诗歌评论。

镜头

黑夜里飘着绿光

触手不可及

如果你把镜头往前推

那点绿光

你就能看见

那是一只萤火虫

那是一只正在求偶的萤火虫

能再推近一点吗

至少足够近的时候

你又会真理般地发现

那亮堂堂的

只不过是某只甲虫

肥硕的屁股

现在，举起镜头

对着天上的星星

我要你再往前推

直到足够近了

我再告诉你

关于这些老年斑的秘密

剔牙

奶奶一定

在她葬礼的那天

回来过

回到我家

给乡邻们

摆酒席的地方

一遍遍地问

味道还好吧

吃得还好吧

乡邻们听不见

只是一个劲儿地

剔牙

躲雨

大雨忽至
几个青海当地
拾牛粪的小伙子
通通脱掉衣服
一头扎进河里
躲雨

陈万

一九九四年生于贵州绥阳，毕业于中国海洋大学。

阳光下

在宿舍楼前等她的时候
一个女生正在太阳下收铺盖
如果她不来收铺盖
铺盖就还会挂在那里
我也许会看到有一个女生在月亮下收铺盖

南京往事

暑假到南京小姨家玩
在租的房子里打地铺
经常看到
小姨坐在床上
搂着姨父的脖子

问他，有多爱她……

多数时间

小姨都在房间里看剧、化妆

我待在房间玩电脑

姨父则去开卡车

从半夜，到半夜

现在，他们已离婚

我经常看到小姨

转发朋友圈链接：

"如何确定一个男人是否爱你

被宠的女人有什么特征……"

上平村的男孩

七八岁时有一次

到亲戚家

我被安排和一个

大我七八岁的男生搭床睡

熄灯后

他突然问我

有没有看过

姑娘不穿衣服的样子

我说没有

并且忍住了表达

对他这样问的

惊讶

他便开始滔滔不绝

一边说一边吞吐舌头

最后他说，比如

你要是个女的

我衣服都能给你撕烂

蒋彩云

90 后，广西桂林人，获得 AAA 广西诗歌榜年度（2015）
十佳诗人"新星奖"。

夕阳

奶奶头发全白了
早上梳头
将脱落的头发
一根根整理好
就像存零花钱一样
每天把头顶的阳光
一点点
存入一个小盒子里

历史

外公是个军人
参加过抗美援朝
年轻时很帅气
能文能武
可他每次回忆往事
只强调自己
帮毛主席拿过帽子

书包

孩子们不喜欢穿校服
他就留着穿去工地干活
工友笑他自己也是大学生
等到子女都长大成人
去了大城市生活
他一个人住在老家
时常拿着一个儿童书包
装着渔具
去钓鱼

绿鱼

本名程逊，生于一九九○年，安徽阜阳人，目前在北京打工，业余写诗。

mooncake

moon-cake，月饼
moon，月亮的意思
cake，蛋糕，饼
mooncake，m-o-o-n-c-a-k-e
月饼……
这是我转学县城
学的第一个英文词
不是老师教的
是一个学生
和我一般大
我曾经的小学同学——小雨
那天他躺在长板床上
我也躺在长板床上
秋天的陌生宿舍充满着
新鲜的草席味

时间深处

如果我能走到时间深处
……

我想去亲临我的出生现场
亲吻那位生我三天而不出的母亲
我还想拦住那辆由年轻男孩骑着的摩托车
它载着穿红色衣服的新娘
我请他们开得慢些，稳些，再留神些

我更想在还没放学时就紧盯着天边
时刻准备着识别到底哪一处火烧云像猪八戒

如果还能再往前？啊——
我太想跟着那位年轻的女孩身后跑一段儿了
哪怕变成蝴蝶呢？
你知道
她正孤身一人从家中徒步到集市上
去见我未来的父亲
这个概率极小极小的偶发事件
太惊险，又太迷人

无题

没亲眼看到过天狼
但见过他的照片
这不妨碍我对他的印象
他好像跟我父亲一般大
（诗人侯马也是）
每当我这样想的时候
我总也避免不了
要为此伤感一番：他们多年轻
啊（因为诗歌），而跟他们
同龄的我的父亲呢？
则显得太不合时宜了……

瑠歌

生于一九九七年，旅居北美，连载小说《十二美人图》
作者。

致寒潮中死去的人们

潮湿的风扑在脸上
树还是光秃秃的
慢跑的人朝天边望去
一抹粉红
几艘帆船浮在海面

冬日里最温暖的一天
梦里下起灰色的雨

城市的眼泪

我穿过布鲁克林的废墟
一面死墙
圣母玛利亚在哭泣

有人用白粉笔
在她的怀里
画上了火柴人

轮回

我们那儿的农民
管这叫玉米糊糊
干完活儿后
蹲在地上
滚烫一大碗
五十多岁
多患食道癌
不出数月
病死于省会医院
黄土高原上
数代人

的宿命

年幼的手臂

被玉米棒子的叶片划出血道

在太阳下

毒烤

于是一生发誓把它熬烂

咽下胃里

吴冕

一九九六年生于陕西铜川，口语诗人、音乐人，毕业于长安大学。

食欲的产生

整个下午，我和朋友都没有吃饭

按照分配，我们俩每人一张饼

我吃完了我的那份

还是没有吃饱

有一个瞬间，我竟然产生了

吃掉朋友的那张饼的想法

我知道那是因为欲望

准确点说是食欲

就在刚才那个瞬间

远古世界阴暗的山洞里

我的祖先，一个猿人的

食欲穿越百万年

抵达我的大脑

指使我吃掉那张饼

愤怒

诗人 L 对我说
你写诗没有以前愤怒了
我说我也发现了
所以这两天
一直在想
这是为什么呢
后来究竟发生了什么
让一个愤怒的人
变得平静

一个人对世界不同意
才会愤怒
我在一张
贷款购房协议
签下名字的时候
几乎就是
跟这个世界
签下了同意书

计算题

一家人吃年夜饭

我去厨房数筷子：

大舅一家三口

二舅一家三口

我们一家三口

外爷一家两口

减去因心肌梗死死去的外婆

再减去因肝癌死去的大舅

三乘三加二减一再减一

……

等于九

小心翼翼地数出十八支筷子

我满怀敬畏之情

又突然觉得数筷子这件事

竟然变得如此神圣

阿煜

生于一九九四年，甘肃白银人，作品发表于《新世纪诗典》《汉诗》等刊物。

再写奶奶

我们都不想让爸爸

看到她哭

我们都说她

带着生硬和厌弃的语气

她好像渐渐也知道了

自己不应该

没完没了地哭

她像一个听话的孩子

坐在那里

被我和两个妹妹

训来训去

可是

亲爱的爸爸

她有什么错呢

她只不过是

一看到你

就想哭而已

星标朋友

我与母亲

十多年未见

现在她在我

好友列表里

网名叫作

错爱一生

无题诗选

64

公交车上

两个老太太聊天

其中一个

说得最多的一句话是

"我从来不害人"

76

形似武大郎的男人

坐在我对面

我盯着他

终于把他

盯得不自在了

他紧握潘金莲的小手

一脸做贼的表情

79

猴哥追上前来

拍拍刚才

跟其合影的

女人的肩膀

伸手要钱

这时候

我们都听到了

那个漂亮女人

仿佛被棒打的白骨精

发出一声尖叫

啊？！

83

在一朵花里

看见一只

七星瓢虫

在给另一只

拔火罐

84

即使坐公交

我也选择

临窗的位置

我怕错过什么

就像刚才

我眺望的工夫

一句好诗

迎面而来

"聚仙阁骨灰存放处"

安瑞奥

生于一九九一年，曾用笔名卿墨寒，山西晋城人。

冬日暖阳

冬日的早晨
一位孤独的老人
四肢笔直地
躺在房间里
已经没了气息
一缕温暖的阳光照进来
可以清晰地看见
短小的白胡楂
粗粝的皮肤
蜷起的手掌
老人的尸体在发光

转机

十多次的化疗

折磨得俊霞

痛不欲生

她觉得她好不了了

她把自己关在屋里

准备了白床单、白被罩和安眠药

正要自我了断的时候

突然隔壁传来了母亲的声音

"小霞啊，是不是该做午饭了？"

江睿

二〇〇七年生于重庆，喜欢画画、写诗、溜冰。

老师问

班队会课上

老师提问

说如果有男生对女生说

我喜欢你

女生应该怎么回答

一阵叽叽喳喳后

女生回答

如果长得帅

就对他笑笑

如果长得不帅

就跟他说

谢谢

悲伤

和妈妈散步

讨论悲伤

我说哥哥的悲伤

是他去年的一场大病

我的悲伤

是大人们都不懂我的想法

妈妈说她的悲伤

是她眼中的外公外婆

渐渐地老去

那么

不久的将来

妈妈的悲伤

也会成为我的悲伤

嘿

碰到几个

像我哥哥一样的帅哥

看了我溜旱冰

临走时

最帅的那个哥哥

用手指着我

说了句

嘿，那个女娃儿

好牛

◇ 说给隔墙的耳朵听

刘浪

一九九二年生，湖北广水人，现居北京，写诗和小说。

鱼刺

一条鱼沿刀刃游向
我的美味，吐出的鱼骨
陈列在餐桌上，逐渐
拼凑成一个完整的死亡
如此鲜活，像是从
千年化石里摆尾而出
我瘦如鱼篓的喉咙
捉到了它的一根刺
仅仅一根，就让我泪流满面
就让我张着嘴，仰面朝天
像一口咬住钓钩的鱼

方法论

如果赶时间，就走最远的那条路
如果被人打了，就静等疼痛消失
可以整夜用一滴血和蚊子交谈
可以在一场梦里把所有的现实问题解决掉
有秘密，就说给隔墙的耳朵听
可以一朝醉死然后终生滴酒不沾

要是被一条河拦住了去路
就在岸边住下，娶妻生子，等它干涸
可以不对桌上的那个西瓜动刀
只用嘴巴看着，直到
一个完整的世界从里面，裂开

荣钰

生一九九六年，四川邻水人，水瓶座，目前客居成都。

剪头记

星期天下午在理发店剪头
老板问我，怎么剪
我正想如果他不问我
我坐下来的时候就这样说：
帮我把左边推掉，右边推掉，后边推掉，前边修一修吧。
现在他问我了
这种感觉真好
我可以按我想的那样告诉他：
帮我把左边推掉，右边推掉，后边推掉，前边修一修吧。
谢谢他，他按我说的在做

路口的风

我站在路口
等你
抽了两根烟
第二根快要
抽完的时候
看见你走了过来
你走得很慢
风也吹得很慢
我笑了
你像是被风
吹过来的

古轨

原名顿静文，生于一九九五年，宁夏固原人，网民，闲暇写诗。

午夜时分，一辆拖拉机穿过寂静的山村

午夜时分

我正在一个公众号上阅读

特朗斯特罗姆的诗

我所在的房间里

顶棚之上

有耗子窜动的声音

接着传来了

拖拉机的响动

由远及近

在如此寂静而漆黑的午夜

一辆拖拉机

顺着山路驶来

又驶去

特朗斯特罗姆说

这是语言

诅咒

一个寂寞的女人

经常等不到她的男人回家

长久的寂寞

使她心生怨念

一天夜里

她坐在沙发上等她的男人

可她的男人

仍然没有回来

她愤恨之下

发出了一条诅咒

她说不回家的男人都去死吧

她将这条诅咒

发到微信漂流瓶里

然后抛向大海

被我捡到了

东子

生于一九九六年，甘肃人，现就读于山东省济宁医学院法医学专业。

我错过了一场大雪

父母在聊一场大雪
那大约在三十年前
他们还没有结婚
甚至还没有见过面
——父亲说那场雪没过了膝盖
——母亲说那场雪下到了大腿

黑人

家住煤厂的中国黑人
不是你和我想象中的黑人
他流着非洲黑人流不出的

黑色汗水，在没有白天
没有四季的黑色院子里砸煤
我想用相机记录他的辛劳
他用夹香烟的手指
给我比了一个"耶"的姿势

朱琳

90 后，陕西安康人，现为中学老师。

枣子不肯落下来

确切地说

我不知道枣树开怎样的花

什么时候结果

在饥旱年代

填饱多少人的肚子

又在枣树灭绝的城市里

医好多少女人的失眠和痛经

然而，我始终记得

某年秋天

枣子落了满地

竹竿倒在一旁

枝头还有那么两三颗

高高地挂着

始终没有掉下来

海菁

生于二〇一一年六月，现于珠海市九州小学读书。

钟

我画了一口
钟
它每天都
报时
连隔壁
的人家都
听得见

死后的世界

我想要
死后的世界
是这样的

现实中的

动物

变成了神兽

现实中的

河流

变成了热巧克力

而我看见的人

不是骷髅

而是灵魂

刘斌

90后，太阳金牛，上升射手，月亮双鱼，金星双鱼，火星双鱼。

东京都

晚上十一点

电车停运

大批的上班族

沿着大路沉默

步行

马路被车流堵住

没有喇叭声

路边的按摩店

挂起牌子

欢迎他们免费

避难

只有一个小混混

与众不同

往相反的方向走

拨开人群

大声嚷嚷

末日到了

让开

让开

小镇祸害

镇上的黑老大出狱后

无家可归

过年找我父母

想和我家一起吃年夜饭

但除夕夜他没来

据说肇事了

大年初一包饺子

他才出现

看起来也没受伤

坐下一会儿吃出四个铜钱

我们全家七口人

总共才吃出三个

他打着嗝一走

我妈就悄悄说

祸害活千年

蓝毒

本名石世君，一九九〇年生于甘肃岷县。

房顶上的女人

这临近街道
房子的背面
刚好藏座
小山

她其实是在
山上走
在地里走
从这头到那头
取什么东西

直观上
她在房顶走
好像随时都会
走到

院子里来

当我倒掉洗衣水
屋顶只剩
茫茫天
空

去一个葬礼

礼金一百
我爸交代
票子三沓
特意多买
进入村庄
听唢呐声
找到家门
"千古流芳"
"音容宛在"
映入眼帘
磕过头
落了坐
饭至半饱
酒至微醺

人们起身

就要四散

突然觉得

有些不对

哪里不对

直到此时

我尚不知

死的是谁

蒙克

本名胡超，生于一九九五年，写诗、拍片，纪录片处女作
《老杨》入围第五届温哥华华语电影节。有诗集《离别的车
站》。

接班人

一起长大的同学
穿上了蓝色的西服外套
染成了红色的头发
戴着墨镜　耳机
摇头晃脑

像极了他们的父母
二十年前
就是他们
引领了农村的潮流

情书

我想带你
回到原始社会
为你收集
泉水
果子
我会给你打造一个
温暖的洞穴
烧上一堆火
配上一把锋利的
石斧
每天晚上
在洞口
为你守夜
而，现在
我
没有车子和房子
甚至面包
也有些不够

茗芝

二〇〇七年冬至生，现就读于惠州一小，爱跳舞，画画，
弹钢琴。

红与黑

昨天我穿黑鞋子
婆婆问
芝宝宝怎么不穿红鞋子
今天我穿红鞋子
婆婆问
芝宝宝怎么不穿黑鞋子

沙漠杀手

一种毒蛇
横着行走
像漂亮的海浪

彭晓杨

一九九六年出生，安徽阜阳人，作品散见于多种刊物。

自由

因为战争
主人公饱受各种羞辱
和饥饿的折磨
当他跟跟跄跄
躲进一片废墟里的时候
使我心酸的是一条弹幕
"坚持住
还有三十五分钟
你就自由了"

城管来了

菜贩子
开着三轮电动车
一溜烟就没影了
他还在慢吞吞
收着自己的货品
不是胆大
也不是有背景
这一货摊的
玻璃制品
急得他
想哭

彭杰

一九九九年生于安徽六安，有诗集《未命名》。

太阳以西

叔叔年轻时被骗去黑矿场

他后来告诉我们

此后的三个月

他都在汽笛声中醒来

矿洞里吃完晚饭后

就地休息

每天周而复始，不见阳光

直到有一天

恍惚中他看见了太阳

叔叔丢下工具

向着太阳跑去

他的工友们

也纷纷跟在后面

最前面的叔叔

身体开始发光发热

他们一个接着一个

燃烧起来

在社区戒赌中心

男人和女人又一次站在这里

两人都好赌

没有工作

家里还有两个孩子

每次打牌回家

赢钱的时候

顺路买上几块糖

输钱就打上孩子一顿

哭声从楼下都能听见

"我们也实在没有办法"

中心的人员对我们说

"我们吩咐过孩子

发现父母去打牌

就直接来告诉我们"

"但孩子们从来没有来过

这又怎么能怪他们呢

他们也只是

想再吃一次糖"

巫英蛟

一九九一年生于重庆，写诗、摄影。

我也没办法

参加舅舅的葬礼

我以为我会哭

但哭不出来

很多亲戚都哭了

我还是没哭

直到看见母亲哭了

我的泪

止不住地往外滚

舅舅啊

别怪我不孝

我就是见不得你妹妹哭

K544

你我如此亲密
我呼出的气
你再吸进去

你我如此陌生
屁股贴着屁股
竟一句话都不说

只是，车停后
你轻声对我说：
麻烦让一下

而我
记住了你的体香
和屁股的余温

下车后
一阵冷风吹过
什么都不剩

但，雨
还在大地上飘

阿克苏，阿克苏
我记住了这列车的始发站
阿克苏

沈子渝

一九九八年生，江苏无锡人，现就读于长安大学。想做童话大王。

中秋

一颗玻璃弹珠
被两栋
高楼
紧紧夹住
动弹
不得

夏天的海鸥

这几天天气好热
姊姊换上了低领的短袖 T 恤
我惊奇地发现

她的肩膀下，一只
翅膀又尖又长的海鸥
像是要向我俯冲而来
睡觉时，我紧紧搂着她
很快就闻到了沙滩
和海藻的味道

童天遥

90后，著有诗集《小孤山》，翻译长篇童话《绿野仙踪》。

反差

电影三分之二的地方
毫无关系的男女
就开始上床

上床是全世界的传统
说我爱你却只是
电影的传统

电影用我爱你剥衣服
可生活恰是衣服
剥走我爱你

樵

砍木头的人
十分懂得掌控
手中的节奏
笃笃笃
笃笃笃
一只木鱼正在下山
一尊佛也将
拨云而来

◇ 我所热爱的生活

冰又可

原名张洋，一九九四年生，江苏泗阳人，现居杭州。

西瓜人

西瓜人是一个神秘的人
他喜欢晒太阳
西瓜人住在丛林里
他长着长长的黑发
此时我看到
清晨的阳光穿过高高的树枝
照在绿色的草地上
也照在西瓜人的身上
西瓜人躺在树下
就像是丛林里的太阳
一个绿色的太阳
吃一口
肯定甜甜的

陈翔

一九九四年十一月生，江西南城人，毕业于武汉大学新闻系，现居北京。

她几乎是蓝色的

一支烟的长度
夹在她的食指和中指
之间

向上飘，一束声音和气味
隔在我们中间的雾
使她看上去是蓝色的

我见过这样的蓝色
虽然忘了在哪里
在哪一个春天

一小片蜷曲的天空
含着云的琥珀

她身体上无限的海

我把这些蓝色
——装进眼睛，就像
把密封进它的罐子

粉的花
擎在她手上
绿的茎叶
与她的脉管相连

她几乎是蓝色的

崔锦涛

一九九六年生于广东茂名，二〇一五年开始正式写诗。

米

天空中
一架飞机滑过
速度缓慢
渺小得几乎看不见

不知是谁家孩子
在蓝色的碗里
留下了一粒米

灰狗

本名倪江，一九九一年生于湖北潜江，出版诗集《每个人都有理由手舞足蹈》，现居武汉。

每个人都有理由手舞足蹈

初春，在南山
一个鱼做得比较好的饭馆
我跟狗子靠门坐着
有一搭没一搭地聊
具体聊什么已经忘了
反正情绪不是很高
天黑得有一点冷
酒只喝了一点就喝不了了
那时候吕航还没来
我觉得困顿，靠在玻璃窗上
点了一根烟，看着我们后面的一桌人
那么多人吃饭
也没发出什么声音
许多只手在桌上灵敏地挥动

在酒精的作用下

显得热烈而亢奋

像是生活的光芒，此刻

正洒在他们身上

何文兴

一九九二年三月生，福建福州琅岐人。

土

黑的一大片

长出绿的一大片

又组合成五彩的一大片

飞舞着白

无形的风

水在夹缝中流浪

汇成一片片蓝

灌溉着一片片黑

冒出一片片绿

结成彩色的光

当风停了

云倦了

绿也消失了

黑却还在那躺着

缩成一颗灰色的球

胡了了

生于一九九七年，湖南茶陵人，现居金华。

假如渡渡鸟

我想，假如渡渡鸟能再熬两三百年

熬到人们想要换个口味

造起一批自然保护区

它就能加入濒危动物的队伍

每天观赏各种各样的游客

像大熊猫一样，在国与国之间

送来送去，得到一些

自己听不懂的可爱名字

多多啊度度啊豆豆啊

你看人类多么友好

王晓波

生于一九九一年，山东人，编剧，写诗、小说。

在北京

特别容易感到孤独

这里的人那么多

我认识的人却那么少

当我跟我的朋友说我很孤独时

她说

大家都很孤独

孤独是有必要的

当然

孤独非常有必要

我喜欢孤独

但是我不喜欢孤独感

它让我想到小时候

袋子里所有的糖都被拿走了

只剩下空空的袋子

公子琹

一九九四年生于湖北孝感，青灯诗社成员，武汉某大学在校研究生。

我是被母亲惯坏的

梦到天堂

顺便看看母亲

她还是住三层水泥房

我进去时

她正在用洗衣板洗衣服

我说："怎么不买个洗衣机？是不是钱不够用？"

她说："那钱我存着等你将来买房。"

我大吃一惊："可我房子已经买了！"

她回答："你在这边还没有啊！"

李海泉

生于一九九一年，毕业于西安外国语大学。

包工头爸爸

妈妈突然来电
让我去盯一下我爸
"他成天不回家
不知道在哪儿鬼混"
那天下午
我在我爸身后
跟了一段
转身把画的小本子
和录的视频
拿给躲在另一条街
车里的妈妈看
穿脏鞋子的爸爸
塑料袋提着脏衣服
在公园的长椅上
就着火腿

喝四五瓶苏打水

又睡一觉

把空瓶子带回了家

李倩雯

90 后，四川江油人，作品散见于多种杂志以及选本。

尾巴

如果我有尾巴
我就可以使劲地摇
表达对你的喜爱之情
是多么简单的事情

莫名

原名李勇标，一九九四年生于广东惠州，二〇一六年从梅州市嘉应学院毕业，现于深圳工作。

无产者的胜利

法拉利一辆
宾利一辆
路虎两辆
奔驰两辆
宝马三辆
全塞路中间
我庄严肃穆地
站在公交车内
紧贴着窗口
高高举起右手
扶稳
只一分钟不到
就检阅完毕

魔约

原名余红兵，生于一九九一年，河南信阳人。

柳字诀

我告诉她我爱她

她说她不能为我生孩子

半个也不行

我告诉她我爱她

她说我能给你生一个孩子

它会是一个怪物

有三只手两个头

我告诉她我爱她

她说她不是一个女人

根本不会生孩子

我告诉她我爱她

她说她是我的亲妹妹

我告诉她我爱她

我是大地的独子

没有血亲

她说她是我的妈妈
我告诉她我爱她
我的妈妈在天堂晒米
她什么也没说
用柳枝缢死在了我的身旁

沈天育

本名邓小英，一九九〇年二月生，广西河池凤山县人。

桥下

建桥工人
光着膀子
在桥下歇息
如同故乡火灶上
一条条油亮的
腊肉

石薇拉

二〇〇三年生于广西来宾，作品见于《新世纪诗典》等。

爪牙

拖拉机爪上
一块块泥土
粘在上面
像一只
长满老茧的手
挖着自己的
葬身之地

苏河

生于一九九二年，甘肃省张掖市山丹县人，大学期间出版长篇小说《戈壁泪》。

老君滩落日

老君滩上
一群羊，一群牦牛
混在一起
黑白，白黑，黑黑白白
定格成了一盘围棋

一只羝羊追着一只母羊
一头公牛压上了一头母牛

"啪"的一声响
是牧羊人的鞭子甩了一甩
像是贪酒的牧羊人嘬了一口杯中的酒
"吱溜"一声
天就黑了

陶春霞

一九九三年生于浙江，诗人、情趣体验师，于 2019 年
去世。

心情好

我这里已经是暖和的天
像恋爱了那么舒服
如果你那里是雨天
我感到愧疚
我希望你那里也是好天气
希望你心情好

万亦含

00后，就读于乐清市虹桥镇第一小学。

秘密

妈妈说我捡来的
我笑了笑
我不想说出一个秘密
——怕妈妈伤心

我知道
爸爸姓万
哥哥姓万
我也姓万
只有妈妈姓姜

谁是捡来的
不说你也明白
嘘！我会把这个秘密永远藏在心中

王磊

一九九〇年生于陕西府谷县，现居西安。

压抑者之歌

小区门口那些卖花的，卖水果的
跑摩的的，开出租的
一整天都被钉在自己的车座上
那些发传单的，收停车费的，打扫街道的
当门迎的，钉鞋的
从早到晚都被钉在一截马路上
我每次看到他们越来越弯的身体
就想到了一张张紧绷的弓
总感觉他们铆足了劲
想把自己射到天空去

魏晓鸥

一九九六年生于重庆，现就读于西安欧亚学院。

一个人看电影

两对情侣
分居我两侧
靠在我座位的
皆为女方
我往中间坐下
没人分辨得出
谁和谁才是
真正的情侣

徐电

90后，诗人，教练，包工头，已出版诗集《到马路对面去》《莫名其妙》。

敲错门了

五点半药店就关门了
打听到道馆旁废弃楼里
有个黄医生在家里卖药
拐进黑漆漆的楼道
敲门　心很慌
门开了　煤油灯使劲发出黄光
水泥桌台上瓶瓶罐罐像古董油画

开门的竟是我学生
徐教练好
你住这儿啊
问完我就后悔了
你弟弟呢
在里面做作业呢

你爸妈呢
上夜班了

啊　我听说有个医生
我慌忙打岔
你说那卖药的啊
在隔壁
我帮你去看看
说完她小大人似的扭着屁股去敲门了

徐娟

一九九〇年生，安徽人，现居合肥。

我所热爱的生活

牙齿吃掉牙龈
胃液消化掉胃壁
从卵泡里长出父母
这生生不息的人世，这口沸腾的大锅
繁衍子孙
蔬菜、五谷、锅碗、瓢盆
这相互热爱，制造摩擦的生活
翻炒、烹饪，宴飨味蕾和欲望
我越来越小
我被消化了
多么美妙

余真

原名苏惠，一九九八年出生于重庆。

晚餐二

双耳低垂的兔子
你要作为我们的晚餐
就在这比春天还要温暖的房间
我的猫咪贴着壁炉
柴火噼里啪啦就像烟火在夜空
那样响着。像你喝水
那样响着。像你在
啃野草的茎干那样响着
而你白色的绒毛
还在我的股掌之间被
你的爪子轻轻搓着，尽管
刀已磨好。菜板洗净
水流飞溅在水槽里面

轶安

生于一九九六年，淅川人，毕业于河南工业大学。

胶囊

这个世界漏洞百出

时常空穴来风

我变得越来越黑

暗褐，灰黑，黝黑，墨黑……

循序渐进

越来越接近苦涩的本质

把心脏和身体压缩成一粒苦核

类似于弹膛里面的火药

为了区别我与杀伤性易燃易爆的脾气

这么多年

我一直都在努力寻找一个糖衣

把我包裹成一粒胶囊

重新投入这个城市的口腔

永俊艳

一九九六年出生，云南曲靖人。

烟

漆黑的早晨
玻璃像在
流泪
我们白色的
电动车
似城中的
一片羽毛
在转台边的
一辆兔唇银色小轿车的
眼影里飘

杨渡

二〇〇一年生于浙江温岭，著有《喜糖的魔力》《闯江湖》。

凳子

四条腿
一张凳子

锯掉前左腿
将重心靠向后右腿
勉强能够坐稳

又锯掉前右腿
将重心完全靠向后方
勉强能够坐稳

锯掉后右腿
只能重心靠向后左腿
"木凳"独立
颤颤巍巍地坐着

再锯掉后左腿——

哈

四条腿的凳子

一条腿都没了

伸直腿

自己的腿

就能舒服地坐着

尽管够不着桌子……

朱金波

生于一九九七年，就读于苏州大学。

母行记

你们若见着她

请替我当面向她问声好

并以善意待她

她是我妈

四十五岁

此前从未出过远门

这是第一次离开家

是去广州

是去打工

不识字

手机只会拍照

打电话

因为怕坐错火车站

选择坐大巴

独自一人

去广州

去打工

临行还受了我父亲的气

他已病痛缠身

无法养家

我妈就这样出来了

不出来

我的弟弟妹妹

就没有饭吃

父亲就没有钱

治病

我的妈妈

你们若是遇见她

请对她好些

张洋洋

一九九一年生于重庆，影视从业者，二〇一八年十一月开始写诗。

第一首诗送我的父亲

他身高一米七

标准瓜子脸

生活磨黑了他的皮肤

喜欢抽烟 喝酒

打牌

他的爱好

被一个女人严格控制

他学会了

做一手好菜

他的人生格言是

耐心

认真

他是一辆爆胎的坦克

走路左右摇晃

他开得最精准的一炮

就是我

钟婕

钟婕，生于一九九九年，重庆人，喜欢蝴蝶。

活村

白天
这里人烟稀少
几乎听不见狗吠声
夜幕降临时
一栋栋空房子
就在月光下醒来
大眼瞪着小眼
晚风吹动杂草
四面八方的人
从土里走回坝坝
聚在了一起
他们手拉着手
又活了一次

宗尕降初

一九九二年十月生，藏族，四川省甘孜州乡城县人。

青草的重量

一直以为
我熟悉乡间所有细节
包括草的清香
泥土的温润
和清泉的甘甜可口
但今天，我恍然发觉
草除了清香
也有足够的重量
稳稳地压在
我
和阿妈的
背脊之上

编者敬告

  在本书的编选过程中，我们曾设法联系所有入选诗人，并获得了大部分诗人对入选作品的授权书，感谢各位诗人的支持。但在我们多方找寻后，仍未能与极小一部分入选作者取得联系，特此致歉，并请看到本公告后联系我们。

邮箱：motiepoems@163.com
地址：北京市西城区德胜国际中心 B 座 10 层诗歌工作室　收
邮编：100088

磨铁读诗会

2020/8

图书在版编目（CIP）数据

正在写诗的年轻人 / 李柳杨主编 . —北京：中国
友谊出版公司，2020.9

ISBN 978-7-5057-4949-8

Ⅰ . ①正… Ⅱ . ①李… Ⅲ . ①诗集—中国—当代
Ⅳ . ① I227

中国版本图书馆 CIP 数据核字（2020）第 129129 号

书名	正在写诗的年轻人
作者	李柳杨　主编
出版	中国友谊出版公司
发行	中国友谊出版公司
经销	新华书店
印刷	河北鹏润印刷有限公司
规格	889×1194 毫米　32 开
	7 印张　150 千字
版次	2020 年 9 月第 1 版
印次	2020 年 9 月第 1 次印刷
书号	ISBN 978-7-5057-4949-8
定价	45.90 元
地址	北京市朝阳区西坝河南里 17 号楼
邮编	100028
电话	（010）64678009

如发现图书质量问题，可联系调换。质量投诉电话：010-82069336

■ 中国当代先锋诗歌现场

《那些写诗的80后》 春树 主编
《正在写诗的年轻人》 李柳杨 主编

磨 铁 读 诗 会